ㄱ
시
의

남
자

7시의 남자

김조안 지음

좋은땅

스물아홉 결혼 적령기였던 그 여자는
날마다 정해진 선 자리에 불려 나갔다.

그날도 오전 11시, 오후 3시, 오후 7시
하루 세 번의 선 자리가 약속되어 있었다.

그 여자는 생각했다.
이렇게 선을 봐서 꼭 결혼해야 하나?

운명은 그렇게 7시의 남자와 이어졌다.

차례

✦✦ 그 남자 이야기

✦✦ 그여자이야기

그 남자 이야기

그 남자는 뭐 좀 해 달라고 할 때
단 한 번도 흔쾌히 해 준 적이 없다.
반드시 태클이 온다. 그게 그 남자다.

그 남자의 특징

1. 화가 많은 남자

2. 화를 내야 직성이 풀리는 남자

3. 화를 내고 금방 잊어버리는 남자

우리 집 일기 예보

그 남자의 특이 세포는 갑자기 터진다.

활짝 개었다.
비바람이 치고
지진도 난다.

그 여자는 생각한다.
이런 다큐멘터리 계속 봐줘야 할까?

평론가

TV에서 나오는 모든 장면을 평가하며
쉴 새 없이 떠드는 그 남자를
TV 평론가로 임명하기로 했다.

언제쯤 TV를 조용히 볼 수 있을지
마치 TV가 내 옆에 있는 것 같다.

그 남자 방을 하나 따로 만들어 주는 걸
계획해야겠다. TV와 함께.

오리고기 VS 족발, 보쌈

그 남자는
저녁에 오리고기를 먹고 싶다고 했다.
딸은 족발이나 보쌈은 어떠냐고 말한다.

그 남자는 기분이 나빠졌다.
본인이 오리고기 먹고 싶다고 했는데
다른 음식을 먹자고 하니
기분이 나빠진 것이다.

유교 맨

그 남자가 늘 하는 말은
본인이 유교를 중시하는 집안에서
유교 사상을 배우고 자란 사람이란다.

이 시대에 남성 우월주의를
설교하는 그 남자
모든 것을 남자 위주로 생각하는 그 남자

지금 우리 집은 조선 시대!

고기 굽는 여자

그 남자가 또 고기를 먹자고 했다.

그 여자는 고기를 열심히 구워 잘라서
익은 거를 알려 준다.
그 남자는 정신없이 먹는다.
그리고 배부르니 다 먹었다고
이제 그만 구우라고 한다.

그 여자는 고기 굽느라
이제 몇 점 안 먹었는데…….

그 여자는 아직 못 먹었다구요!

너무 이기적인 그 남자
그 남자는 멋쩍어서 크게 웃는다.

오곡밥 하는 여자

대보름인지 알고 있었다.
귀찮아서 그냥 넘어가야지 생각했다.

그 남자가 말했다.
"오늘 대보름이야."

어쩔?
그 여자는 결국 오곡밥과 나물을 준비한다.

남의 편

속도위반 고지서가 날아왔다.
내비게이션 업그레이드를 부탁했다.

그 남자가 말했다.
"차 가지고 다니는 사람이 해!"라고

그럴 줄 알았다…….

그것이 알고 싶다

속이 허하니 고기를 먹자,
생채 비빔밥을 먹을 거니까
무 사다가 생채를 해라.

암튼 먹고 싶은 건 다 먹어야 하고
요구 사항은 많다.

아마도 그 여자를 만나지 않았다면
지금쯤 자연인일까?

화 세포 1

욕실 전등이 나갔다.
전등 하나도 못 고치는 그 남자.
뭐가 고장 나면 화 세포가 터진다.
그리고 고치다가 다 망가뜨린다.
차라리 손을 안 대는 것이 도와주는 건데
아침부터 또 저기압이다.

선글라스가 가득한 서랍에 손전등이 없다고
선글라스를 다 버리란다.

그러더니 식탁 옆에 감자 박스를 보더니
감자가 조금 남아 있었는데 버리란다.
오늘은 화 세포가 버리는 거를 클릭했나?

그 남자

독특한 그 남자는
자신이 독특하다는 것을 알고 있다.
그것마저 독특하다.

괴팍한 그 남자는
자신이 괴팍하다는 것을 알고 있다.
그것마저 괴팍하다.

모기가 된 그 여자

모기 계절이 왔다.

그 남자는 모기에 물리면 모기가 어디서 들어왔냐고 나한테 묻는다. 마치 내가 모기를 불러 모은 것처럼 모기가 물어도 그 여자 탓이다. 그리고 모기약을 발사한다. 그 여자는 모기가 되어 모기약을 먹는다.

모기 스트레스가 또 시작되었다. 작년에 쓰던 모기 퇴치기가 아무리 찾아도 없다. 작년에 사용하고 그 남자가 어디에 뒀다는데 그 이후로 나는 본 적이 없다. 항상 뭐가 없어지면 다 그 여자 탓이다. 오전 내내 온 집 안을 뒤져도 없다. 하나 사러 나가야겠다.

그런데 왜 모기는 그 남자만 물까?

화 세포 2

내일모레 퇴근 시간 맞춰 외식하자고 말한다. 항상 그 남자가 정한다. 그러고 나서 또 말한다.

"갈 거야, 말 거야?"

"아니 본인이 가자고 해 놓고 왜 또 그리 물어봐?" 했더니 뭐가 기분이 상했는지 앞으로 가족 외식은 없단다. 뭐 놀랍지도 않다. 하도 특이한 사람이라 오늘은 무슨 세포가 작동한 거지?

효자손

TV를 보고 있었다.
드라마에서 노부부가 나오는 장면이다.
할아버지가 효자손으로 등을 긁고 있었다.

그 남자가 말했다.
"할머니가 옆에 있는데 왜 효자손을 쓰지?"

할머니가 있으니
효자손이 필요 없다는 말인 듯하다.

그 여자는 생각했다.
'내일은 다이소 가서
당장 효자손을 사다 놔야지.
효자손아! 앞으로 그 남자 등을 부탁해!'

화 세포 3

시금치가 짜게 무쳐졌다고
일부러 못 먹게 하려고
소금을 많이 넣었단다.
(그 남자의 화 세포가 작동했다.)

물김치에 칼칼한 맛이 나라고
청양고추를 썰어 넣었다.
본인이 좋아하는 물김치에
싫어하는 청양고추를 넣었단다.
(그 남자의 화 세포가 또 클릭 되었다.)

그래 놓고선
물김치를 왜 이렇게 잘 먹는 거지??
물김치는 오늘로 끝이다.
그 이유는 그 남자가 알고 있다.

삶이 그대를
속일지라도
슬퍼하거나
노하지 말라
슬픔의 날 참고
견디면 기쁨의
날 오리니
－푸시킨－

© 껼리calli

푸하하하

다음 생애에 다시 부부로
만날 거냐는 질문이 있다.

그 여자는 그 남자가 되어
남편으로 살아 볼 것이다.

그리고
그 남자는 반드시 그 여자가
되어 아내로 살면 된다.

그 조건이 아니면 택도 없다.
어림 반 푼어치도 없다.

SHUT UP

그 여자가 직장을
다닐 때는 일하는 여자였다.

직장을 그만둔 지금은
놀고 있는 여자가 되었다.

집에 보이는 게 다 집안일인데
해도 해도 표시도 없고
하지 않아야 표시가 나는 집안일

아무것도 안 하고 놀면서라고
날벼락을 맞았다.

소갈딱지

지금 냉장고에 넣는 게 뭐냐고
그 남자가 묻는다.
양념이라고 그 여자가
대답했다.

그리고 하루가 지났다.
어제 묻는 말에 대답을
안 해서 화가 치밀어 오른 것을
참았단다.

답답하다.
물어보고 대답은 안 듣나?
안 듣고 못 들었단다.
그러고 나서 이어진
장황한 잔소리
귀에서 피나요.

부탁해

별거 아닌 거로
아무것도 아닌 거로
제발 미치지 마세요.
그러다 죽어요.

왜 다 알아야 하고
왜 궁금한지
괜한 트집 잡지 말고
따지지도 마세요.

제발 제발 노 터치

신경 꺼

손가락도 까닥하기 싫을 때는
까닥도 하지 말자

밥이 하기 싫을 때는
밥도 하지 말자

종일 TV를 보든
종일 GAME을 하든
종일 SOFA에 누워 있든
제발 PLEASE

소소한
일상에서
찾아낸
행복

© 메리에씨

동짓날의 그 남자들

친구가 말했다.
"오늘 동짓날인데 동지팥죽 먹었어?"

그 여자가 말했다.
"그 남자가 동지팥죽 사다 놨어.
가서 먹으려고."

그리고 친구가 말했다.
"우리 집은 그 남자가 제일 싫어하는 것이
팥죽이야."

또 한 친구가 말했다.
"우리 집은 그 남자하고 싸웠어.
그래서 동지팥죽 못 먹어."

동짓날 7시의 남자 WIN!

애증

화 세포가 많은 그 남자.
사실은 정이 많은 사람이고 올곧은 사람이다.

신은 모든 사람에게
완벽한 재능을 주지 않는다.
그래서 완벽한 인간도 없다.

그 남자와 살면서 괴로움도 있었지만
기쁨 또한 많았고 고마운 것도 많다.

세월
©여리calli

어느덧 7시에 만났던 그 남자는 퇴직해서 여전히 자기 잘난 맛으로 살고 했던 말 또 하고 잔소리를 한다. 그 여자는 그 남자와 5분 이상 대화하면 싸운다. 그래서 대화는 1분 이상 안 한다.

그 남자는 33년의 공직 생활을 마치고 2017년 12월 퇴직했다. 여전히 외식보다 집밥이 좋고 밥통엔 밥이 가득 있어야 하고 매끼 국을 끓여야 하지만 그 여자는 요리가 싫지는 않다. 그 남자는 여전히 유교적이고 가끔 잔소리로 귀를 아프게 하지만 그 남자의 성격이 바뀌지는 않는다. 있는 그대로 봐 주고 그 여자는 몸에 사리 하나를 더 만든다.

그 여자 이야기

그 남자와 만난 지 365일째 되는 날, 1991년 12월 21일 그 해를 넘기지 않고 결혼식을 올렸다. 그 여자 30 그 남자 35 그리고 76세 시어머니와 그 남자 셋이 한집에 살았다.

1916년생 시어머니와 그 여자는 세대 차이가 있었다. 그 남자 그 여자가 부부 싸움을 하면 시어머니가 말한다. 남자 는 하늘 여자는 땅이라고 그 여자는 늘 그렇게 2 대 1로 패 하면서 살았다. 참말로 뒤돌아보니 희로애락의 삶이었다. 모든 것은 지나간다. 이제는 부부 싸움을 하면 그 남자가 2 대 1로 패한다. 그 여자한테는 든든한 딸이 있으니.

숙제 | 1

　결혼 전에 한 가지 그 남자의 사연을 들었다.

　그 남자에게는 둘째 누님이 아픈 손가락이란다. 아이가 다섯인
데 매형과 일찍 사별했고 조카 한 명을 책임지고 있단다. 그 남자
가 결혼한다고 해서 해 왔던 일을 그만둘 수 없다는 말을 그 여자
에게 했다.

　그 여자도 수긍했다.

　지금은 고등학교까지 무상 교육이지만 그때는 아니었다. 그때
그 조카는 중2였고 그 당시 공무원 급여는 박봉이었다. 그렇게 고
등학교까지 꼬박꼬박 등록금을 보냈고 고등학교까지 책임진다
는 약속을 다했다.

숙제 2

우리 딸 아기 띠로 메고 다니던 무렵 어느 날 언니 집을 다녀오니 둘째 시누이 딸이 가방을 싸서 우리 집에 와 있었다.

그 남자가 말했다. 우리 집에 있기로 했다고. 그 남자도 갑자기 가방 싸서 삼촌 집으로 온 조카를 어쩔 도리는 없었으리라. 사람은 누울 자리를 보고 다리를 뻗는다고 했던가. 서울에 삼촌이 그 남자만 있는 것도 아닌데 그렇게 그 조카는 1년 가까이 그 여자 집에 살았다.

그 여자는 시조카까지 한 식구가 늘었다. 그 여자는 끼니마다 국을 끓였다. 시어머니와 그 남자는 꼭 국이 있어야 밥을 먹었다. 거기다 시조카까지 식구가 늘었으니 그 여자는 반찬에도 신경이 쓰였다.

결혼 생활은 이런 거였다.

어느 명절날, 우리 집에 살았던 지금은 아기 엄마가 된 그 조카를 만났다. 조카가 말했다. "외숙모 그때는 제가 너무 철이 없었어요."

팔순 여행

1995년 시어머니의 팔순이었다. 그 여자는 "팔순을 어떻게 해드릴까요?"라고 시어머니에게 여쭤봤다. 시어머니는 한 번도 안가 본 제주도를 구경 가고 싶다고 했다. 그렇게 시어머니가 처음타 본 비행기! 비행기 타고 좌석에 앉았는데 시어머니는 의자 옆팔 거치대를 양손으로 꽉 잡고 있었다. 그 여자가 손을 놔도 괜찮다고 했지만, 시어머니는 하늘을 나는 비행기가 떨어질까 무섭다고 내릴 때까지 꽉 잡고 있었다. 지금 뒤돌아보면 시어머니도 너무 행복해하셨고 그 남자도 그 여자도 이쁜 딸도 너무 행복한 최고의 가족 여행이었다. 그 추억은 사진첩에서 그리움으로 남아있다.

보따리 1

   그 여자는 시어머니를 모시고 목욕탕에 다니고 백화점도 어디든 늘 손을 잡고 다녔다. 그때 시어머니의 헤어스타일은 곱게 빗어 은비녀를 꽂아 쪽을 지었다. 옛날 사극에서나 볼 수 있는 머리다. 한 번은 머리 자르고 파마를 하자고 물어본 적이 있었다. 싫다고 하셨다. 서울에서 하얀 머리에 은비녀로 쪽을 지은 할머니는 본 적이 없다. 가끔은 사람들이 나에게 손녀딸이냐고 묻기도 했다. 그러면 시어머니는 우리 막내며느리라고 자랑스럽게 말했다.

   시누이들은 한 번씩 말했다. 그 남자 집안에 천사가 들어왔다고. 천사는 힘들었다. 그래도 늘 최선을 다했다.

보따리 2

신혼 초 아이가 생기기 전이다. 그 남자와 나이트클럽을 갔다. 그 남자는 어머니를 집에 혼자 있게 하고 둘만 가는 게 내키지 않았다. 그렇게 그 남자, 그 여자, 시어머니 셋이 나이트클럽을 갔다. 지금 같으면 입구에서 제지했을 텐데 그때 우리는 제지 없이 들어갔었다. 그 시끄럽고 뻔쩍뻔쩍 불빛 아래 지나다니는 웨이터들은 은비녀로 쪽을 진 할머니가 앉아 계시는 것을 힐끔힐끔 쳐다보았다. 시어머니는 "시상에나, 뭔 이런 데가 있다냐!" 하며 놀라워했다. 그 남자는 신이 나서 맥주잔을 부딪치며 어머니랑 함께여서 즐거워 보였다. 효자랑 함께 살면 참 많은 일이 있다. 지금 생각해 보면 참 재밌는 추억이다.

보따리 3

    그 남자는 그래도 시골 그 동네에서는 부잣집 막내아들이었다. 그 동네에서 그 남자 집에만 일하는 머슴이 있었단다. 그 남자와 결혼한 그 여자는 그 남자네가 재산이 얼마나 있는지 관심도 없었고 욕심도 없었다. 욕심이 없는 것은 그 남자도 마찬가지였나 보다. 시어머니를 모시고 살았지만, 시골의 모든 전답과 임야는 그 남자와 결혼 전 이미 그 남자 형님이 다 이전해서 가져갔다. 요즘 세상 같았으면 법으로 못 하는데 오래전 시아버지가 돌아가시고 그렇게 이전이 가능했던 것 같다.

    결혼해 살다 보니 그것에 대해 시누이들은 말했다. 두 개의 임야 중에 그 남자가 하나는 가져와야 한다고, 증인이 되어 준다고 했다. 그 남자는 단칼에 거절했다. 세상에서 제일 추잡한 싸움이 형제간에 재산 싸움이라고

    그 남자답다.
    그 여자도 쿨하게 "시골 땅 어따 써?"

    누군가는 이렇게 말했다.

"바보 아니야?"

때론 바보가 좋다.

 그리고 유산이 전혀 없는 건 아니었다. 논 4마지기 남아 있었
다. 그 4마지기는 어렸을 때부터 그 남자 땅이라고 시아버님께서
말했단다. 그래서 그 남자에게 논 4마지기가 왔다.

보따리 4

　그 여자네 7남매는 해마다 여름휴가를 가족 모임으로 함께했다. 휴가 가족 모임엔 늘 시어머니가 함께했다. 그 여자네 식구들은 사돈 할머니에게 모두가 살갑게 극진하게 했다.

　휴가가 끝나고 서울로 올라올 때는 그 여자 엄마는 사돈에게 말한다.
　"사돈, 서울은 공기도 안 좋으니 공기 좋은 시골에서 좀 계시다가 가세요."

　그러면 시어머니는 그 여자 친정에서 한두 달 계시다가 오시기도 했다.

보따리 5

시어머니는 시골에 살던 집과 전답이 그대로 있었다. 서울살이 하고 계시니 농사를 못 짓고 땅을 놀리고 있는 것에 대한 아쉬움도 있었을 것이다.

시어머니가 농사를 다시 짓기로 마음먹은 것은 그 여자의 엄마가 한몫했다. 그 여자의 엄마는 딸이 좀 편하게 살라는 작전이었다.

사돈 농사를 짓게 되면 엄마가 도와주겠노라고 선언했고 비어 있던 시골집에 다시 가서 생활하기 위해서는 여러 가지가 필요했다. 그 여자의 엄마는 냉장고, 전화기 등 기본적으로 필요한 것들을 준비해 놓았고 그 여자도 첫 모내기 때는 어린 딸을 안고 내려가 모내기한 사람들의 새참과 점심을 준비했다. 그렇게 그 여자엄마는 모내기부터 가을걷이까지 도왔고 시어머니의 밑반찬까지 챙기며 애를 썼다.

정말 세상의 모든 엄마의 마음이 똑같다 해도 7남매를 둔 그 여자의 엄마는 자식들 사랑이 대단했다. 셋째 딸을 생각하는 마음 또한 컸다.

그렇게 시어머니는 한 4~5년 정도 봄에는 농사를 지으러 시골에 가 계셨고 가을걷이가 끝나면 서울에 오셨다. 그렇게 시어머니는 영등포역과 곡성역을 기차를 타고 다니실 정도로 건강하셨고 서울에 오실 때는 등에는 배낭을 메고 양손엔 보따리 두 개를 들고 시골에서 농사지은 것을 잔뜩 가지고 오셨다.

시골에서 농사를 짓는 동안 에피소드도 있었다. 시어머니가 밭 매다 뱀에 물렸다고 연락이 왔다. 그 남자는 난리가 났다. 당장 서울로 오셔야 한다고 그렇게 시골 보건소에서 응급 처치하고 서울로 올라와 그 여자가 모시고 간 병원은 바로 집 옆에 있는 고대 병원이었다.

웃픈 현실은 대학 병원에서 뱀에 물린 환자를 처음 본 것이다. 의사는 다른 의사까지 요청해서 의견을 나눴지만 뾰족한 방법이 없는지 꼬치꼬치 캐묻고 사례를 찾아보고 마치 연구 대상처럼 대했다. 지금 와서 세세한 대화 내용은 기억에 없는데 확실한 기억은 뱀에 물린 손가락은 붕대로 감겨 있었다. 붕대를 풀어 소독했고 의사도 무슨 약을 써야 할지 몰랐던 것 같다. 뱀에 물린 사건은 탈 없이 잘 지나갔다.
그렇게 시어머니는 83세까지 시골과 서울을 왔다 갔다 하셨다. 83세에 농사를 그만두기까지도 이유가 있었다. 그 연세에 리어카를 끌다가 넘어지신 것이다. 그 남자는 또 난리가 났다. 농사짓다가 큰일 나겠다고 욕심이 큰 화를 부른다고.

그렇게 시어머니는 농사의 막을 내리고 다시 그 여자와 함께
서울 생활이 시작되었다.

보따리 6

사람들은 그 여자한테 묻는다.
"큰며느리예요?" "아니요."
"그럼 재산 받았어요?" 하는 사람이 있는가 하면 "형제간들이 생활비를 좀 보태죠?"라고 묻는다.

그 여자는 그저 웃는다.
그리고 사람들은 말한다. "정말 복 받겠네요."

그 여자는 생각한다.
'부모를 모시는 것이 복 받는 일인가?' 하면서도 하도 그 말을 많이 들으니 날마다 복이 우리 집 창고에 차곡차곡 쌓이는 기분이었다.

큰시누이는 시어머니보다 먼저 돌아가셨고 네 분 중 형과 막내 누님은 부자라고 해야 하나, 잘산다고 해야 하나 암튼 산다는 집이다.

그런데 그 여자는 그랬다. 없으면 없는 대로 있으면 있는 대로 살았다. 없다고 해 본 적도 달라고 해 본 적도 없다. 그리고 주는 사람도 없었다. 그 여자도 정말 받아야겠다는 생각을 해 본 적이 없었다. 그래서 서운한 것도 없다.

보따리 | 7

  그 남자네는 5남매다. 위로 누나 셋, 형님이 하나. 그 남자는 막내아들이다. 결혼할 때 그 남자가 그 여자에게 말했다. 어머니를 모시고 살아야 한다고. 어머니가 많이 사시면 한 5년 사시지 않겠냐고. 당시(1991년) 시어머니는 76세, 요즘같이 100세 시대에 그런 말 했다가는 큰일 날 말이지만 그 당시에는 그랬다.

  그 남자가 그 여자랑 살면서 늘 했던 말은 어머니가 살면 얼마나 사시겠냐였다. 그 여자도 개의치 않았다. 막내아들과 함께 살고 있었기 때문에 당연하게 받아들였다.

  그렇게 시어머니와 미운 정 고운 정을 쌓으며 할머니와 손녀딸처럼 살았다. 그놈의 정 때문에 괴로움도 있었지만, 그 여자는 늘 최선을 다했다.

  시어머니는 그 여자가 해 주는 음식을 먹고 항상
"네가 해 주는 음식은 다 맛나다. 참말로 맛나다. 요런 것 처음 먹어봐." 이런 말을 많이 했다.

그 여자는 지금도 식탁에서 가끔은 시어머니 생각이 날 때가 있다.

'이것을 잘 드셨는데…….'

그렇게 시어머니는 92세까지는 건강하게 사셨다. 그런데 93세 봄쯤에 알츠하이머 진단을 받았고 그리 심각하지는 않았는데 집을 못 찾아오는 경우가 생겼다.

그 여자가 백화점에 근무할 때였다. 그 여자는 시어머니에게 전화번호와 이름을 써서 시어머니 가슴에 명찰을 달아 주고 아파트 노인정과 경비실에 부탁했다. 그 여자의 딸 어린 손녀는 바로 옆 초등학교에 다니면서 점심시간에는 할머니 점심을 챙겨 드리고 가족 세 명이 총동원해 시어머니에게 온 신경을 다 썼다.

그리고 그때 다행스럽게도 노인 주간 보호 센터가 처음 생겨나기 시작했다. 시어머니는 아침 식사 후 노인 유치원으로 등원해 저녁 5시면 오셨다. 그리고 마지막 4, 5년 정도를 그 남자 직장과 가까운 요양원에 모시고 효자 아들이 수시로 들여다봤다. 그 여자도 한 번씩 시어머니를 보러 가면 시어머니는 잊지 않고 그 여자를 알아봤다. 요양원에 계셔서도 기념일 때면 휠체어에 태우고 나와 외식을 했고 돌아가시기 전까지 명절 때는 집으로 모셔와 가족과 함께했다. 그렇게 시어머니는 24년을 함께하고 2015년 12월 15일 100세를 일기로 천사처럼 아기 같은 모습으로 눈을 감았다.

서시 윤동주

죽는 날까지 하늘을 우러러
한 점 부끄럼이 없기를
잎새에 이는 바람에도
나는 괴로워했다
별을 노래하는
마음으로
죽어가는 모든 것을 사랑해야지
그리고 나한테 주어진 길을
걸어가야겠다
오늘 밤에도 별이 바람에
스치운다

그 여자는 윤동주의 〈서시〉를 좋아하고 박인환의 〈목마와 숙녀〉를 뜻도 모르고 중학교 때 다 외웠다. 그 당시 그 시를 어떻게 마주하게 되었는지는 모르겠는데 광주에서 여고를 다니고 있었던 언니들이 아닌가 싶다. 그때 외웠던 〈목마와 숙녀〉를 누군가가 지금도 외울 수 있냐고 물으면 예스다. 그리고 지금은 정호승의 〈수선화에게〉에 빠져 있다.

그 여자는 1993년 이쁜 딸을 낳았다. 그 여자가 그 남자를 만나 제일 잘한 일이 이쁜 딸을 낳은 것이다. 그 여자는 그 당시 엄마가 되었다는 사실이 스스로 자랑스럽고 감동이었다. 이쁜 딸을 키우면서 그 여자는 행복했다. 지금도 그 여자의 삶을 통틀어서 제일 잘한 일이다. 반듯하게 잘 커 준 딸을 보면 행복하고 우리 딸의 엄마여서 행복하다.

그 여자는 솔직하다. 솔직한 것이 나쁜 것도 아닌데 젊었을 땐 솔직함 때문에 때론 트러블 메이커가 될 때도 있었다. 그 여자는 거짓말이 정말 싫다. 물론 거짓말을 좋아하는 사람은 없겠지만 그 여자는 선의의 거짓말도 잘 못한다.

그 여자는 할 수 있는 일을 하며 살았고 옳다고 생각하는 삶을 살았다. 하늘을 우러러 한 점 부끄럼이 없다. 그래서 삶이 떳떳하다. 그리고 당당하다.

뽕짝 치는 여자

그 여자는 결혼에 대한 로망이 나름 있었다. 그래서 절대 안 된다는 엄마를 우겨 혼수로 피아노를 해 갔다.

아아~ 산산이 부서진 이름이여
부르다가 내가 죽을 이름이여~

그 여자의 로망은 사라졌다. 피아노 뚜껑은 늘 닫혀 있고 콩나물 대가리는 잊혀졌다.

그 여자는 피아노 뚜껑을 열었다. 손가락은 굳었고 아무것도 칠 수가 없었다. 그래도 체르니 50번까지 쳤던 그 여자는 쿵짝쿵짝 뽕짝을 쳐 본다.
조율이 엉망이다. '그래도 쿵짝쿵짝' 스스로 만족한다.

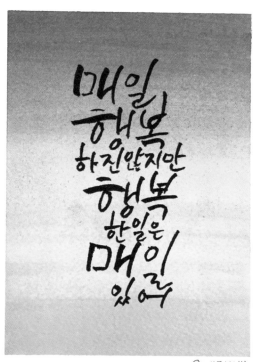

ⓒ예리calli

눈 내리는 겨울날

더치커피 향을 느끼며 눈 멍을 때리고 있다. 나이가 60이 넘어도 눈이 내리면 왜 설레지?

어렸을 때 생각으론 60이 넘으면 할머니라는 생각만 했던 것 같다. 막상 이 나이가 되어 보니 마음은 그때나 지금이나 똑같다.

친구가 말했다.
"철든 소녀"라고….

넋두리 1

지치고 힘들 땐 몸보신을 해 주고
마음이 우울할 땐 사고 싶은 걸 사면 된다.
사는 재미가 없을 땐 맛집을 가고
먹는 재미로 사는 거지.

이해가 안 되면 굳이 이해하려 하지 말고
이해 안 하고 살면 된다.
살아가는데 어찌 날마다 좋은 일만 있으랴.
이런 날도 저런 날도 있는 거지.

넋두리 2

사람들이 다 같은 줄 알았을 때도 있었다. 곧이곧대로 믿었다. 이제는 사람들이 다 다르다는 것을 알고 있다. 그래서 일일이 나를 설명하지도 않는다.

지금까지 살면서 인연을 맺은 많은 사람들 미운 인연도 있고 반갑지 않은 인연도 있다. 그 모두에게 좋은 사람일 필요는 없다.

인간관계 참 어렵다. 너무 애쓰지 말자. 나를 알아주고 마음이 통하는 사람들과 함께 남은 길을 걸어가면 충분하다. 그럼 됐다.

살다 보면 그렇게 누군가와 멀어지기도 하고 멀어진 그 자리에 또 누군가가 채워지면서 평안해진다. 그리고 기원한다. 진심으로 그들도 평안하기를.

어느 5월 비 오는 날에

바람과 섞여 안개비가 내린다. 식탁에 앉아 거실 창밖으로 보이는 신록은 5월의 푸르름을 초록 초록으로 빛낸다. 간간이 부는 바람에 초록이 넘실넘실 춤을 춘다.

이렇게 운치 있는 날은 센티함에 빠져 사색에 잠긴다. 어느새 인생이 이만큼 왔을까? 유수와 같은 세월이다.

법정 스님 말씀에 우리 인품은 다양하게 향을 뿜어내는 향주머니라고 하는데 나는 내 주위 사람들에게 어떤 내음을 뿜어내고 있을까?

잘 사는 것은 어떻게 살아야 잘 사는 것일까? 꼭 어떻게 살아야 한다고 정해 놓은 길은 없지만, 지금까지 살아온 나의 가치대로 바르고 따뜻하게 살고 싶다.

세상에 뚜렷하게 내놓은 건 없지만 고지식하게 열심히 살았고 부끄럼 없이 정직하게 살았다.
이렇게 생각에 빠져 지난날을 돌아볼 수 있는 오늘 지금이 소

중하다. 들여다보면 아쉬움도 있기에 되돌아갈 수 없는 어제를
보면서 하루하루를 잘 살아 내고 싶다.

　문득 궁금해진다.
　나는 어떤 향기로 누군가에게 기억될까?

세실리아

오래된 친구가 좋다. 자주 연락하지 않아도 늘 생각나는 친구 몇 년 만에 만나도 마치 어제 만났던 것처럼 허물없어 좋고 우리의 젊은 날을 언제든 꺼내서 공유할 수 있어서 좋다. 내 좋은 일에 나보다 더 기뻐해 주고 슬픈 일엔 진심으로 슬픔을 덜어 주며 따스한 빛이 되어 준다.

오래전 딸이 대전에서 임용 시험을 치르는 일이 있었다. 그 친구는 그날 하루를 온전히 나에게 할애했다. 시험을 마치고 나오는 딸과 나에게 맛있는 저녁 식사를 대접했고 대전의 유명한 성심당 빵도 한 보따리 안겨 줬다. 그 빵이 유명한 것을 그때 알았다.

그 친구는 기차역까지 배웅해 주며 딸에게는 용돈을 줬다. 기차 안에서 딸이 말했다. 엄마는 좋겠다. 이렇게 좋은 친구가 있어서 딸에게 말했다. 서로가 좋은 친구가 되어 줘야 한다고 조언했다.

몇 년 전 엄마가 사는 지역에 많은 비로 산사태가 난 적이 있었다. 그 친구가 말했다. 뉴스를 보고 바로 전화했다고 엄마는 피해 없이 건강하시냐고 걱정이 되어 전화했다고.

 늘 이렇게 서로에게 연결된 끈처럼 어떤 일이 있을 때 바로 끈 끈한 정으로 이어지는 보이지 않는 끈. 나는 이런 친구가 좋다. 우린 언제까지나 서로에게 좋은 친구가 될 것이다.

행운의 복사꽃

오른손이 하는 일을
왼손도 모르게 하는 사람이 있다.

정성은 사랑의 꽃으로
활짝 피어 꽃씨를 뿌린다.

사랑의 꽃씨는 복사꽃으로
활짝 피어난다.

있는그대로
나답게
ⓒ여리cani

나답게 사는 것

평범함에 감사하며
지금처럼 사는 거다

무탈했던 어제처럼
소소함으로 즐거웠던 오늘처럼

우리네의 삶이 쉽지는 않다

욕심부리지 않고
조금은 모자라게
조금 손해 보며
사는 게 잘 사는 거다

살아 보니
인생은 그리 길지 않다

무소유

백만장자, 대기업 회장도 마지막은 빈손이다.
쓸데없고 불필요한 것 욕심 갖지 말자.

다 두고 간다.

내 몫도 없고 네 몫도 없다.
얽매이지 말고 편안하게 살다 가자.

삶은 채우는것이 아니라 비우는 것이다 ©에리디스川

오늘은 선물입니다

©여리calli

으랏차차

Good Morning
아침을 열어 주는 친구들이 있다

아름다운 해돋이로 따뜻한 멘트로
활기찬 하루를 선물 받는 행복

매일이 즐겁고 내일이 궁금하다

나는 소망한다
깨복쟁이 벗들과 그때 그 시절
신작로에서 당산나무 아래서
땅따먹기 딱지치기
고무줄놀이 하던
추억을 공유하며 흰머리 휘날리며
건강하게 즐겁게 남은 인생길도
함께 쭉 FOREVER

웃프다

"안중근 의사가 성형외과 의사예요?"

'중식 제공합니다'
안내문을 보고
"왜 한식은 안 되나요?"

요즘 청소년 중에 이런 질문하는 세태가 한탄스럽다고 딸이 말한다.

"정말이야?"
내가 물었다.

"응, 사실이야. 동음이의어인데 한문을 안 가르치니 문해력이 떨어져서 그래."
한문교육과를 나온 딸의 대답이다.

꼭 배워야 할 과목인데 학교에서 점점 사라져가는 한문 과목이 안타깝다고….

동반자

    어릴 적 동네 아이들과 방천길에서 고무줄놀이로 시끌벅적 놀고 있으면 한복을 예쁘게 입고 긴 머리는 동글동글 빵 머리로 올리고 공주처럼 예쁜 친구가 할머니랑 나온다. 그 친구는 수줍음이 많았고 친구 할머니는 동네에서 호랑이 할머니였다. 그래서 아무도 그 친구는 건들지도 못했다.

    수줍음이 많았던 그 친구와는 한동네에서 초등학교와 중학교를 같이 다녔고 지금까지도 절친이다. 수줍음 많던 그 공주는 지금은 회사 대표다. 언제든 전화해서 미주알고주알 허물없이 통하는 친구가 있다는 것은 인생의 큰 행복이다.

이기심

실천하고 생각하며
살아야 할 말이 있다

역지사지하자
배려하자

네가 힘들면
나도 힘들다

무거운 짐은
나눠야 가볍다

역지사지 눈과
배려의 눈을 떠라

행복도 불행도
배려에 있다

양치기 소년

그때는 몰랐다
안 보여서

지금 와서 알았다
훤히 보여서

늑대가 나타났어요
늑대가 나타났어요
늑대가 나타났어요

아무리 소리 질러도
아무도 귀담지 않는다

내 탓 아니야!

'어쨌든 내 잘못이야'라고
사과하는 사람이 있고

계속 변명으로 왜 그랬는지를
설명하는 사람이 있다

그런데 변명이 길어질수록
속내가 다 보인다
안쓰럽다

해방타운

〈해방타운〉이라는 신개념 예능
프로그램을 즐겨 시청했다
나도 해방타운에 입주하고 싶다

누구의 방해 없이 내가 원하는 대로
나만의 안식처 나로 돌아가는 곳
주부들의 로망 아닐까?
아무튼 공감 100프로 즐기며
대리 만족하며 본방 사수 보는
내내 즐거웠다

나의 버킷리스트에
해방타운 추가다

백 년 지기

친구들과의 첫 번째 푸켓에 이어
두 번째 해외 여행지는
후쿠오카, 큐슈

여행 날짜가 정해지고부터
벌써 뱅기 탄 기분으로 설레며
우리들의 가장 재미나고
신나는 시간이 시작된다

새로운 곳을 보는 느낌
엔도르핀이 팡팡 터져서
지치지도 않는다

우정은 더 돈독해지고
소녀 시절로 돌아가 수시로
터지는 웃음보는 제동 장치가 없다

여행을 다녀온 후의
잊지 못할 시간과 많은 추억

여행에서의 좋았던 순간들을
일상으로 연결지으며
삶의 활력소로 만들어 나간다

세 번째 여행지를 기약하며
아직도 가슴은 청춘
좀 과분한 여행일지라도
우리가 계획한 그곳
스케줄을 짜 보자

친구! 그저 생각만 해도 마음이 편안해진다
때론 푸근한 산처럼 서로를 안아 주고
늘 그 자리에서 반겨 주고
시원한 바람이 되어 힐링이 되고
때론 벤치의 그늘이 되어 나를 쉬게 한다

행복이란

누군가가 묻는다
Are you happy?

국어사전에 행복은
생활에서 충분한 만족과
기쁨을 느끼어
흐뭇한 상태라고 정의하고 있다

자기 생활에 만족감을 느끼는
사람이 얼마나 될까??

흔히들 행복은 내 마음속에
있다고 하는데
머리로는 이해가 되지만
마음은 아니다

옛날 어른들은 배부르고
등 따시면 된다고 했지만

시대가 다르고
각자 기준도 다르다
행복? 글쎄요
말로 행복하다고 하면
진짜 행복한 건가요?

내가 생각하는 행복은
전라도 사투리로
신간이 편하면 행복한 것이고
신간이 안 편하면
불행한 것이다

도장 찍어

황혼 이혼에 대한
50, 60대 설문 조사 결과
10명 중 7명이 공감한단다

과거에는 이혼에 대한 인식이
부정적이었지만 이제는 아니다
행복하지 않다면 이혼해도
된다는 의견이 더 많다

황혼 이혼하는 이유 중 1위는
성격 차이란다

사람 성격 절대 안 바뀐다는
말이 맞는 거 같다
미워도 다시 한번 측은지심 때문에
참고 산다는 거 옛말이다

참으면 되는 줄 알고
꾸역꾸역 참다가
화병으로 죽는다

너 하고 싶은 거 다해

지금까지
다람쥐 쳇바퀴처럼
나에게 주어진
해야 하는 일들만
열심히 하며 살았다

이제는 다람쥐 쳇바퀴도
좀 쉬게 하자
나를 힐링하고
나 자신을 돌보자
내 마음을 들여다보고
하고 싶은 일
해 보고 싶은 것을 하자

엄마 엄마 엄마 엄마

1

엄마는 지금 2년째 병상에 계신다.

엄마가 건강하셨을 때 엄마의 아침 루틴은 자식한테 전화하는 거였다.

"반찬을 뭐에다 먹냐."

"요즘은 뭐가 맛나더라. 그걸 사다 먹어 봐." 엄마는 늘 요리 조언을 많이 하셨다.

요즘같이 먹는 것이 넘치는 시대에 엄마는 7남매를 키우면서 먹고 싶은 거 마음껏 먹이지 못했다는 생각이 크신 것 같다. 하지만 엄마는 우리를 굶긴 적도 없었고 배를 곯아 본 적도 없다. 다들 가난했던 그 시절 엄마들의 생각이 아닐까 싶다.

내가 초등학교 때의 엄마 기억은 학교 운동회 때 학교 선생님들의 점심밥을 당신이 맡아서 하신 적도 있었고 스승의 날엔 늘 선생님 선물을 준비해 주셨던 엄마였다. 요즘으로 해석하면 극성맘이었던 것 같다. 자식들에게 관심이 많았고 똑똑하셨고 강인하셨다.

하루도 빠지지 않고 새벽 기도를 다니며 자식들과 11명의 손자, 손녀들을 위해 기도하셨다. 그리고 자식들 주고 싶어 매년마다 직접 심은 배추로 7남매 김장을 300~400포기씩 하셨고 김장 날은 온 가족이 모여 축제처럼 시끌벅적했다.

건강했던 엄마도 흐르는 세월 앞에 건강하지 못한 몸이 되었지만 지금도 애쓰는 자식들 생각해서 쓰디쓴 약도 꿀꺽꿀꺽 먹는다고 말씀하신다. 오로지 자식들이 엄마의 삶이고 인생이었다.

2

건강하셨던 엄마가 쓰러졌을 때는 이렇게 오랫동안 병상에 계실 줄은 몰랐었다. 의사가 수술이 잘 되었다고 하니까 금방 좋아져서 퇴원할 줄로 알았다. 우리의 바람과는 달리 엄마는 중환자실을 오고 가며 아프고 고통스러운 나날을 감내하셨다. 자식들도 마음이 아리고 슬펐다. '어쩌다가 엄마가 이렇게 되셨을까' 기막히고 애처로워 자책하고 한탄했다. 엄마가 병원에 계시는 동안 날마다 희비가 엇갈리며 살았다. 엄마가 차도가 있어서 좋아지면 행복했고 안 좋아지면 불행했다. 우리는 기적이 일어나길 간절히 원하며 정성을 다해 간병했다.

엄마가 예전으로 돌아갈 수는 없더라도 제발 입으로 맛을 느끼며 식사라도 하시면 소원이 없겠다고 주문처럼 늘 이야기했다. 엄마는 힘을 내서 그 소원을 들어주셨다. 엄마가 연하 검사가 통과되어 주사기로 경관 식을 드셨던 콧줄을 빼는 날 우리는 감동의 눈물을 흘렸다.

엄마는 입으로 식사를 하시기 시작하면서 조금씩 호전되었다. 우리는 또 간절하게 소원을 빌었다. '엄마가 걸을 수는 없어도 인지가 돌아와 우리랑 이야기를 주고받으며 집으로 퇴원할 수 있을 정도로 좋아지면 얼마나 좋을까' 희망하며 하루하루를 보냈다. 엄마는 우리 소원을 또 들어주셨다. 모든 수치가 정상으로 호전되어 좋아지면서 엄마 몸에 불편하게 달고 있던 거추장스러운 것들은 하나하나 제거되었다. 그리고 주치의와 상의한 결과 퇴원해도 된다는 결론이었다. 병원에 입원한 지 20개월 만이다. 정말 꿈만 같았던 일이 이루어졌다. 엄마는 지금 말도 잘하고 식사도 잘하신다. 엄마는 병중에도 "느그들 고생을 시켜서 미안하다."라고 자식 걱정을 하신다.

막내딸 은아는 간병하면서 늘 엄마한테 말했었다. "엄마 빨리 좋아져서 우리 집으로 퇴원하자." 우리도 한 번씩 엄마한테 묻곤 했다. "엄마 퇴원하면 어디로 갈 거야?" 엄마가 대답했다. "순천 은아 집으로." 그렇게 엄마는 막내딸 집으로 퇴원하셨다.

엄마 엄마 불러도 불러도 또 부르고 싶은 엄마 엄마 엄마가 건강하실 때는 쑥스러워서 사랑해라는 말도 못 했었다. 이렇게 사랑해 말하면 될 것을 엄마 얼굴에 부비부비 하면서 엄마 사랑해 사랑해 수없이 해도 또 하고 싶은 엄마 사랑해

엄마가 대답한다. 오야 오야 내야 새끼야 부르면 이렇게 대답해 주는 엄마가 옆에 있어 너무 행복하고 감사하다.

엄마는 순천 동생 집으로 와서 하루하루가 다르게 더 좋아지고 있다. 이제 또 소원을 빈다. 엄마가 스스로 발을 딛고 일어서 걸을 수 있기를 기다리고 소원한다. 엄마는 또 그렇게 우리 소원을 들어주실 거라 믿으며 아픈 엄마여도 좋다. 우리 옆에 오래오래 지금처럼 엄마 부르면 오야 대답하며 우리 옆에 계서 주시면 바랄 게 없다.

엄마는 쓰러지기 며칠 전에도 상추로 김치를 맛있게 담가서 보내 주셨다. 엄마한테 물어본다. "엄마 빨리 일어나서 맛있는 상추 김치 또 담가 줄 거야?" 엄마는 "하면 담가 줘야지." 하신다.

7남매 모두가 한결같이 엄마를 걱정하고 애를 태웠다. 딸들이 돌아가면서 엄마 케어를 하고 서울에 사는 나는 하던 일을 그만두고 한 달에 두 번씩 엄마 케어를 하기 위해 왔다 갔다 한다. 평생을 자식만 알고 자식들을 위해 살았던 엄마! 이제는 엄마에게

받은 사랑을 돌려주려고 최선을 다하며 노력한다. 그리고 기도한다. 하느님 제발 저희가 엄마를 돌보는데 지치지 않게 힘과 지혜를 주시어 엄마에게 받은 사랑을 다 갚을 수 있게 해 달라고 간절하게 빌고 또 빈다.

그리고 우리 동생 은아 병원 생활할 때 사람들은 동생을 효녀 심청이라고 불렀다. 엄마가 이 정도로 호전되고 좋아지신 건 다 효녀 은아 덕이다. 효녀 노벨상이 있다면 노벨상으로도 부족한 효녀다. 은아야 고맙고 사랑한다.

엄마는 2021년 5월 27일 뇌 수술을 받았고 2023년 1월 26일 순천 동생 집으로 오셨다.

ⓒ에리에니

천생연분

지금 그 여자는 그 남자와 잘 살고 있다. 사람 못 고쳐 쓴다고 그 남자의 특이한 성격은 지금도 여전해 가끔 충돌은 있지만, 그 남자도 요즘 세상에 맞게 처신 중이다. 밥솥의 취사를 눌러 밥도 하고 가끔은 설거지도 한다. 그럼 된 거다. 30년을 넘게 부부로 살아오면서 느끼는 것은 세상에 모든 부부가 잘 맞아서 살까??

요즘 방영되는 TV 프로그램 〈오은영 리포트 - 결혼 지옥〉을 보라. 들여다보면 다투고 아프고 눈물 흘리며 이해하고 용서하고 노력하며 산다.

사람들이 말하기를 그 남자 밥 먹는 것도 보기 싫으면 부부는 끝나는 것이란다. 그런데 그 여자는 그 남자가 뭐든 맛나게 먹어 주면 정말 좋다. 그래서 이번 생애에 이혼은 없다.

예순이 넘은 그 여자는 생각한다. 잘 견디고 잘 참으며 잘 살아 왔다고.
인생에 정답은 없다고 그래서 후회도 없다. 이것이 그 여자의 승리다. 나머지 인생도 그 여자처럼 그 여자답게 그 여자가 정답이다.

　요즘은 이런 말이 있다. 3개월 사랑하고 3년을 싸우고 30년을 참고 산다고 이게 결혼 생활이다.

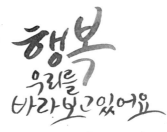

행복
우리를
바라보고있어요

ⓒ예리calli

부록 :
하고 싶은 말들

나로살아가기
©예리에니

만나면

.

.

.

.

.

늘 반가웠던 사람으로 기억되고 싶다

수많은 어제들이 만든 오늘

·

·

·

·

·

누군가는 그토록 원했던 오늘
오늘이 좋다!

분수에 맞게
·
·
·
·
·
적당히

돈을 쓸 때는 막 써도 돼
지금까지 아끼고 살았으니까
.
.

지금 지갑에 있는 돈을
비우는 걸로 막 쓰는 거야
.
.

그래서 내가 기분 좋고
행복하면 돼

남편이 처가에 잘했다면

.

.

.

.

.

아내는 그 이상으로
시댁에 더 잘했을 것이다!!

친구가 말했다

·

·

너만 만나면 즐거워~

·

·

이보다 더 좋은 말은 없다!!

빈틈없는 사람보다
쉴틈을 만드는 사람이
더좋다

ⓒ예리calli

인생
단한번의추억여행
© 예리calli

인간은 자기가 보고 싶은 것만 보고
듣고 싶은 것만 듣는다
인간은 그렇다
.
.
.
.
.

이른바 똥고집??

남자들은 말을 해야 안다
그것도 구체적으로 세세하게
말해 줘야 안다
말하지 않으면 절대 모른다
.
.
.
.
.

도대체 왜??

모든 일을 그렇게
잘하지 않아도 돼
·
·
·
·
·
괜찮아 괜찮아!

인생에

·

·

·

·

·

좋은 일은 항상 기다리고 있어

모두가 화이팅!

그 여자의 10년 후 모습

벌써 2033년도
일흔이 넘어 버렸네
100세 시대를 피할 수 없으니
꾸준한 운동과 건강 관리로
70대를 즐겨야지~

그 여자는 졸혼했다.
전생에 나라를 구했나 보다 죽기 전에
해 보고 싶은 버킷리스트가 이루어졌다.
아~ 그 여자의 진정한 시간과 자유다.

한 달에 한 번 이쁜 딸과 좋아하는 호캉스로
호텔 조식을 먹으며 여유롭다.

가끔씩 피아노 뽕짝을 간드러지게 치며
자신을 즐기고 잠깐 배우다만 드럼도 다시
배우고 있다.

오랜 친구들과 한 번씩 만나 회포를 풀고
한 달에 한 번
동네 도서관에서 신간을 빌려 읽고
꾸준히 글도 쓰고 있다.

그 남자와 따로 살아 보니 사이는 더 좋다.
모순 같아도 서로의 안부를 묻고
한 달에 한두 번 만나 식사를 하고
한집에 살 때보다
지금은 할 이야기가 더 많아서 좋다.

결혼도 졸업이 필요하다.

언젠가 죽기 전에 해 봐야 할 버킷리스트 목록에 책 출간하기가 있었다. 이것에 대해 늘 생각했다.

생각해 보니 가장 쉽게 쓸 수 있는 건 나의 이야기였다. 나를 다 보여 줘야 한다는 부담감 때문에 망설였지만 메모장에 있는 글을 간추려 봤다.

뒤돌아보면 순간순간이 인생이었다.
보따리를 풀고 넋두리도 하면서 또 앞으로의 순간순간을 잘 살아 내 보자.

세상은 재빠르게 변하고 세대마다 사람마다 삶도 인생도 다 다르다.

아마도 그 여자는 이 책이 나오면 쥐구멍을 찾을지도 모르겠다. 보잘것없는 글이지만 단 몇 줄이라도 어떤 이에게 웃음을 주고 공감이 되어 위로가 되었으면 좋겠다.

글쓰기 정리가 2월에 끝났었다. 책 내기를 고민하고 미루다가 4월에 큰 수술을 하게 되었다. 지금은 재활하며 건강을 회복하고 있고 정리해 둔 글을 내보려 한다.

2023년 7월 김조안

나를위한
선물

ⓒ 예라[calli]

ㄱ시의 남자

ⓒ 김조안, 2023

초판 1쇄 발행 2023년 9월 7일

지은이   김조안
펴낸이   이기봉
편집   좋은땅 편집팀
펴낸곳   도서출판 좋은땅
주소   서울특별시 마포구 양화로12길 26 지월드빌딩 (서교동 395-7)
전화   02)374-8616~7
팩스   02)374-8614
이메일   gworldbook@naver.com
홈페이지 www.g-world.co.kr

ISBN   979-11-388-2263-3 (03810)